Sin novedad en el frente

de Erich Maria Remarque

GUÍA DE LECTURA

Escrita por Elena Pinaud
Traducida por Marta Sánchez Hidalgo

Sin novedad en el frente

de Erich Maria Remarque

Entiende fácilmente la literatura con

ResumenExpress.com

www.resumenexpress.com

ERICH MARIA REMARQUE 1

Escritor alemán

SIN NOVEDAD EN EL FRENTE 2

La guerra vista por un soldado alemán voluntario

RESUMEN 3

ESTUDIO DE LOS PERSONAJES 7

Paul Bäumer
Albert Kropp
Tjaden
Stanislas Katczinsky
Franz Kemmerich
Kantorek
Himmelstoss

CLAVES DE LECTURA 12

El estatus del simple soldado
La autoridad y la venganza
Una crítica a la guerra
La puesta en relieve de los valores humanos
Un «libro-diario»

PISTAS PARA LA REFLEXIÓN 19

Algunas preguntas para profundizar en su reflexión...

PARA IR MÁS ALLÁ 21

ERICH MARIA REMARQUE

ESCRITOR ALEMÁN

- **Nacido en 1898 en Osnabrück (Alemania)**
- **Fallecido en 1970 en Locarno (Suiza)**
- **Algunas de sus obras:**
  - *Sin novedad en el frente* (1929), novela
  - *Tres camaradas* (1937), novela
  - *Tiempo de vivir, tiempo de morir* (1954), novela

Erich Maria Remarque (pseudónimo de Erich Paul Remark), nacido en 1898 en Alemania y fallecido en 1970 en Suiza, es uno de los grandes autores apasionados por los valores humanos como la amistad, la solidaridad y el pacifismo (*Tres camaradas*, 1937). Además, es un hombre marcado por su tiempo e interesado por la depresión económica (*El obelisco negro*, 1956), por la dictadura y por la opresión (*Tiempo de vivir, tiempo de morir*, 1954). Sus primeras novelas, muy conmovedoras e interpretadas en la época de su aparición de forma exagerada y errónea a veces (consideraron que el autor transmitía por sus obras mensajes antinacionalistas), le valieron la pérdida de la nacionalidad alemana.

SIN NOVEDAD EN EL FRENTE

LA GUERRA VISTA POR UN SOLDADO ALE-MÁN VOLUNTARIO

- **Género:** novela
- **Edición de referencia:** Remarque, Erich Maria. 2001. *Sin novedad en el frente*. Traducido por Judith Vilar. Barcelona: Edhasa
- **Primera edición:** 1929
- **Temáticas:** Primera Guerra Mundial, Alemania, muerte, horror

Sin novedad en el frente (*Im Westen nichts Neues*, 1929) es el conmovedor relato, muy factual y poético a la vez, de un soldado alemán enviado al combate durante la Primera Guerra Mundial con apenas 18 años. Remarque, marcado él mismo por esta página sangrienta de la historia, quiere, a través de este documento literario, reconciliarse con el mundo y consigo mismo. Esta primera novela del autor, que de inmediato tuvo un éxito internacional enorme (traducido a más de 25 idiomas), suscitó también mucha polémica sobre todo en Alemania, Italia y Rusia, en el contexto del ascenso del fascismo y de las tensas relaciones entre los diferentes poderes europeos.

RESUMEN

PRIMERAS DUDAS

Paul Bäumer, joven soldado alemán durante la Primera Guerra Mundial, da testimonio de lo que vive con realismo. Recluta modelo al inicio del conflicto, se da cuenta muy rápido, debido a las atrocidades y a los abusos de poder que observa, de lo absurdo de la guerra.

Su relato comienza el día de descanso de una compañía de militares alemanes que combaten en el frente francés: disfrutan de una ración doble de comida (los supervivientes han recibido las porciones de sus camaradas muertos), leen a gusto los periódicos y su correspondencia y escuchan música, lo que les llena de bienestar.

Bäumer recuerda el momento del reclutamiento. Él y sus compañeros sólo tenían dieciocho años cuando les enviaron al frente, después de diez semanas de prácticas en un cuartel. Estaban muy hartos de lo absurdo de sus superiores. Al final de la formación, destinada a «preparar» a los jóvenes «en el umbral de la existencia», les han «embrutecido» y están preparados para la guerra (Remarque 2001, cap. II).

Pero, poco a poco, el frente, y sobre todo la visión de Kemmerich que con las piernas amputadas agoniza en un hospital militar ante la indeferencia del cuerpo médico, impulsan a Bäumer y a sus camaradas a manifestar dudas sobre los discursos patrióticos de sus padres y profesores, así como sobre la finalidad del conflicto.

UNA CUESTIÓN DE AUTORIDAD

Bäumer y sus camaradas hablan sobre la guerra, sobre la autoridad en el ejército («El ejército se basa en eso, que uno siempre posea el poder sobre los demás. Lo malo es que los que mandan tienen demasiado poder», Remarque 2001, cap. III) y sobre las trincheras (el único sitio donde «termina la disciplina», Remarque 2001, cap. I). Al volver al campamento después de haber instalado la alambrada, se topan con el fuego de la artillería francesa. Se ven obligados a esconderse en un cementerio y a llevar máscaras de gas. En cuanto a Bäumer, se protege con trozos de ataúdes.

Mientras se despiojan, los soldados hablan de lo que harán en tiempos de paz cuando su superior, Himmelstoss, aparezca. Tjaden le insulta, lo que le vale una amenaza de comparecencia delante de un consejo de guerra por ofender a un oficial. Le castigarán junto con Kropp a varios «días de policía», es decir, a un encierro en un antiguo gallinero.

EL AZAR

Mientras los ataques de los ingleses son cada vez más violentos, los cañones alemanes se han usado tanto que apuntan mal e incluso matan a soldados alemanes. Bäumer se da cuenta de que lo único que queda en la vida es el azar: «Todo soldado cree y confía en el azar» (Remarque 2001, cap. VI).

Después de la ofensiva alemana, Bäumer ataca al sentirse más fuerte bajo la protección de los proyectiles de su ejército. Pero él también tiene la sensación de deshumanizarse al observar a los soldados en los campos que explotan bajo el impacto de los obuses o que han muerto a golpes de pala.

Tras el ataque, en la calma, Bäumer reflexiona sobre la importancia de los recuerdos, sobre la desesperación con la que los moribundos se aferran a la vida y sobre la ingenuidad de los nuevos reclutas. En la retaguardia, Bäumer y sus camaradas pueden descansar, llenarse los estómagos («la suerte del soldado», Remarque 2001, cap. VII) y pasar una noche en compañía de mujeres. Sin embargo, el recuerdo de los camaradas muertos queda presente y recurren al humor para vencerlo.

Después, Bäumer disfruta de los diecisiete días de permiso. Aprovecha para visitar a su madre y a su hermana, pero el encuentro ocurre: «No hablamos mucho» (*ib.*). El joven se indigna al ver que en la ciudad todos preguntan por el frente y dan consejos sobre la forma en la que se debe dirigir la guerra. Comprende que allí no podrá sentirse en casa «No me encuentro bien aquí, en este mundo extraño» (*ib.*).

LA CULPABILIDAD

Cuando Bäumer se encuentra con sus compañeros en el frente, se recupera: se presenta voluntario para ir a localizar las posiciones de los enemigos y se queda bloqueado en un hoyo, bajo los tiros de los dos ejércitos. Un soldado francés lo localiza: el alemán se ve obligado a apuñalarlo. A fuerza de observarlo, de leer sus cartas y de ver las fotos que el francés guardaba en los bolsillos, Bäumer siente una gran culpabilidad, pero Katczinsky y Kropp lo tranquilizan: matarlo era lo único que podía hacer.

Bäumer y sus camaradas son los encargados de vigilar un depósito de víveres destinados a los oficiales. Se aprovechan para atiborrarse, hasta el día que reciben la orden de volver al frente. En el camino se cruzan con refugiados franceses desesperados y afligidos y sobreviven a un duro ataque aéreo. Bäumer y Kropp resultan heridos y los transportan en tren a un hospital católico.

UNA GENERACIÓN SACRIFICADA

Al volver al frente, Bäumer comprueba de nuevo que los tiros no son el único problema. Tampoco hay suficiente comida, la falta de experiencia de los nuevos reclutas, las crisis de locura o incluso de desesperación hace que los soldados acaben huyendo. La muerte de Katczinsky aumenta la soledad del joven.

En otoño de 1918, Bäumer se encuentra en una casa de reposo tras haber respirado gas y espera, como el resto de los enfermos, el armisticio. Considera inútil a su generación: cuando tendría que aprender a vivir, sólo ha conocido la guerra.

El epílogo de la novela se parece a una carta del ejército dirigida a la familia de Bäumer: informa de que han encontrado a éste muerto en el frente, en octubre de 1918, en una jornada tan tranquila que el comunicado militar señalaba que «no había novedades en el frente» (Remarque 2001, cap. XII).

ESTUDIO DE LOS PERSONAJES

PAUL BÄUMER

A través de los ojos de Paul Bäumer el lector se traslada a la feroz atmósfera de la Primera Guerra Mundial. Sus estados de ánimo, su discurso y su visión del conflicto no son los de un idealista, sino los de un hombre realista. Se forja su concepción de las cosas por su propia experiencia.

Hijo de una familia modesta, alumno aplicado y convencido de los discursos de los que teorizan la guerra sin vivirla es, al principio del conflicto, un soldado modelo. Pero rápidamente las atrocidades que ve y vive, la muerte de algunos de sus camaradas, la demagogia (actitud que consiste en halagar a cuantos más mejor para obtener y conservar el poder) y lo absurdo de sus superiores le convencen de la inutilidad de la guerra. Sin embargo, sigue combatiendo. Además, no encuentra su lugar fuera de las trincheras. Forma parte de la generación formada por y para la guerra, no se ve en otra situación. Pasa el conflicto sin ser gravemente herido y muere un poco antes del armisticio, un día muy tranquilo, como una ironía del azar. Esta forma de morir es para él el final perfecto. En efecto, no habría podido adaptarse a una sociedad de posguerra que le sería completamente extraña: no había terminado sus estudios, no tenía ningún oficio y sentía a su familia distante. Desde este punto de vista, Bäumer representa a una generación completa.

Encontramos elementos autobiográficos en la descripción del joven Bäumer:

- una de las abuelas de Remarque se llamaba Beumer;
- la madre de Remarque muere de un cáncer en 1917, como la madre de Bäumer;
- la descripción de la habitación de Bäumer y de su ciudad natal se corresponde con la vida del autor;

Remarque ha vivido la experiencia de soldado. De hecho, la sombra de la guerra planea sin cesar en la memoria del escritor que, diez años más tarde, seguía deprimido. Seguramente es la razón por la que su obra presenta algunos datos autobiográficos. Al transformar su experiencia en novela, pensaba poder liberarse y ayudar a otros a hacerlo. En cierta medida, Bäumer es Remarque, pero es, sobre todo, cualquier soldado.

ALBERT KROPP

Albert Kropp es un soldado apreciado por todos y el pensador del grupo. Su visión de la guerra (un conflicto únicamente entre los representantes de los países que se declaran la guerra, donde la población asiste como a una fiesta popular) lo coloca al lado de los que querrían perdonar la vida de todos los soldados y civiles. Muy seguro de sí mismo, sueña con un trabajo en la oficina de correos después de la guerra para poder humillar a Himmelstoss. Es la encarnación de un verdadero héroe con actitud enérgica en todo momento por lo que no concibe resultar mutilado en las batallas. Además, cuando le amputan una pierna piensa en suicidarse.

TJADEN

La guerra tiene un efecto positivo en Tjaden puesto que le permite madurar. Antes de que lo envíen al frente, era más infantil y miedoso, y necesitaba la protección de sus camaradas. El ritmo agotador del frente le ayuda a superar sus aprensiones y le enseña a desenvolverse solo y hacerse valer. Tjaden, humillado por Himmelstoss en el cuartel porque se orinaba cada noche en su cama, encuentra en el frente la audacia de afrontar a su anciano superior sin tener miedo de las represalias. Se da cuenta de que nada de lo que Himmelstoss dice o hace tiene importancia: ante una muerte inminente, no hay jerarquía.

STANISLAS KATCZINSKY

Aunque fuera zapatero en la vida civil, Katczinsky conoce muchos otros oficios, lo que le es muy útil en el frente porque puede desenvolverse para fabricar colchones, para cocinar, para hacer trueques, para hacer buenos discursos y para encantar a todo el mundo. Es a quien más Bäumer admira: «Y cuando Kat afirma algo, es que antes lo ha meditado bien» (Remarque 2004, cap. I). Muere en silencio en el regazo de este último con una pierna mutilada y un impacto de obús en la cabeza.

Según él, a fuerza de actuar únicamente cumpliendo órdenes, los soldados se convierten en simples objetos manipulados por sus superiores. Éstos suelen acabar por abusar de su autoridad por su rango, víctimas de la debilidad humana:

> «Si das a un hombre un poco de poder [...] lo cazará al

vuelo. Es muy natural, porque ante todo el hombre no es más que una bestia [...]. El ejército se basa en eso, que uno siempre posea el poder sobre los demás. [...] Y como todos lo saben, se adaptan enseguida» (Remarque 2001, cap. III).

Es un personaje fuerte como Kropp, un héroe y un hombre que tiene una visión muy objetiva de las realidades de una sociedad en guerra.

FRANZ KEMMERICH

Franz Kemmerich, que ha crecido con Bäumer y que ha sido un alumno brillante adorado por su familia, muere en un hospital militar con las dos piernas amputadas. La descripción de su sufrimiento, de su agonía y de su miedo a morir es un grito casi colectivo contra la guerra, el grito de una generación sacrificada, entrenada para un conflicto que no ha pedido: «Sería preciso traer al mundo entero junto a esta cama y decirle: Este es Franz Kemmerich, tiene diecinueve años y no quiere morir. ¡No le dejéis morir!» (Remarque 2001, cap. II)

KANTOREK

Kantorek, un hombre bajito, era el profesor de gimnasia de Bäumer en el instituto. Es el responsable del reclutamiento de toda su clase: a fuerza de obligarles a escuchar discursos patrioteros y patéticos, sus alumnos acabaron alistándose. Al reflexionar en ello, Bäumer se da cuenta de que tendría que haber sospechado que Kantorek era sólo un demagogo.

HIMMELSTOSS

Himmelstoss, cartero en la vida civil, aprovecha su estatus en el cuartel para humillar a los jóvenes. La explicación de Katczinsky sobre la mezquindad de los hombres y sobre el uso que hacen de la autoridad que se les da se aplica a su caso a la perfección. Es un adepto ciego de la jerarquía construida arbitrariamente sobre la marcha durante la guerra. Es también una persona cobarde: durante un ataque, se esconde en un hoyo y finge estar herido para que no le obliguen a luchar. Muy autoritario cuando se trata de «adiestrar» a los novicios, en realidad no tiene el valor de entrar en las trincheras.

CLAVES DE LECTURA

EL ESTATUS DEL SIMPLE SOLDADO

El contexto de la guerra constituye para Remarque la oportunidad de desarrollar varios temas humanistas mayores, comenzando por el estatus de simple soldado. Las imágenes de soldados que conversan encima de las letrinas en plena naturaleza que se despiojan, que se lavan rara vez, que comen pan mohoso, que lamentan los trozos sacrificados para cazar ratas o que usan palas para matar son elocuentes. Todos hacen que los hombres parezcan animales.

La deshumanización que observa Bäumer no se corresponde con la grandeza mencionada por los profesores durante el reclutamiento. El patriotismo no tiene lugar en los horrores que los soldados cometen para sobrevivir, animados por un instinto de conservación latente en otro tiempo. Cuando llegan al frente, sus cuerpos «se apresta[n] de repente» (Remarque 2001, cap. IV), una nueva energía se apodera de ellos y están gobernados por «el instinto de la bestia» (*ib.*), que les hace, por ejemplo, tumbarse en la tierra cuando los obuses estallan. De esta forma, la tierra se vuelve «su único amigo, su hermano, su madre» (*ib.*) de cada soldado. Es garantía de vida, es como en el caso en la mitología, puesto que ofrece protección a los reclutas, pero también recibe los cuerpos muertos. Sin embargo, aunque sea la única aliada de los combatientes, éstos la maltratan cavando trincheras y haciéndola estallar bajo los obuses. Pero la tierra no es ni rencorosa ni celosa, ni se enfurece como los hombres.

LA AUTORIDAD Y LA VENGANZA

Para Remarque, las nociones de autoridad y de venganza se aferran a la realidad del frente: si, como nuevos reclutas, Bäumer y sus camaradas no ponen en duda la influencia de los superiores y de los altos representantes de la sociedad civil. Las atrocidades de los combates generan en ellos sentimientos de injusticia y de absurdez que piden venganza.

Mientras la autoridad (órdenes militares precisas) sólo se refiere al estatus de soldado, puede aceptarse sin dificultad. Pero cuando tiene como objetivo la personalidad del militar humillándolo (quitar nieve con un cepillo de dientes o correr durante una hora porque el largo de los calzoncillos supera al de las sábanas), aparece el deseo de represalias: es el caso de Tajden y de Kropp que tienen asuntos pendientes con Himmelstoss, pero es también el caso de un camarada que encuentra al superior de Kantorek y que se aprovecha de su nuevo estatus para vengarse de las vejaciones que éste le hizo sufrir.

Gracias a su poder en el ejército y en la política (y también por la guerra), los generales se vuelven tan conocidos como los emperadores. Detrás de ellos también hay individuos a los que el conflicto beneficia, por ejemplo, los fabricantes de latas de conservas estropeadas que se envían a los soldados.

Pero la autoridad también es el uniforme, que asegura un cierto prestigio y esto para los simples soldados: cuando no están vestidos se sienten desnudos, unos simples civiles.

UNA CRÍTICA A LA GUERRA

En primer lugar se presenta a la guerra bajo aspectos destructores y visibles: se ven muertos, mutilados, la hambruna, familias destruidas, ciudades desiertas o refugiados. El relato vuelve luego hacia atrás, al periodo de adoctrinamiento de los reclutas en los cuarteles. La novela se dirige finalmente hacia una reflexión sobre los orígenes y los efectos inmediatos y a largo plazo de la guerra.

En el frente, los soldados se convierten en «bestias humanas» (Remarque 2001, cap. IV), «animales peligrosos» (Remarque 2001, cap. VI) tan desesperados que los enemigos que ven ya no son hombres, sino la imagen misma de la muerte. Los reclutas están íntimamente convencidos de la inutilidad de la guerra. No hay razón para hacer la guerra y, en consecuencia, sólo ejecutan órdenes que no entienden y que no comparten:

> «Una orden ha convertido a esas silenciosas sombras en enemigos nuestros; otra orden podría transformarles en nuestros amigos. En una mesa cualquiera, una gente que ninguno de nosotros conoce firma un escrito y, como consecuencia, durante años nuestra suprema obligación consiste en hacer lo que normalmente el mundo entero abomina y castiga con la máxima pena» (Remarque 2001, cap. VIII).

El relato del soldado Bäumer adopta el tono de una crítica de la guerra, reforzada de forma humorística por una discusión entre Tjaden y Katczinsky sobre el sinsentido de las declaraciones de guerra. Estos dos personajes diferencian la «patria» (es decir, las personas) y el «Estado» («guardia rural, policía, impuestos», Remarque 2001, cap. IX): como las patrias no se declaran recíprocamente la guerra, no hay razón para matarse unos a otros. Se trata entonces de un asunto entre los Estados y los que buscan beneficio, concluyen los dos amigos.

Lo que se denuncia realmente son los discursos de Kantorek, de Himmelstoss, de los burgueses (los ricos industriales) o de los políticos que convencen a los jóvenes para alistarse. Para estos últimos, todavía inmaduros, se supone que los representantes de la autoridad y del Estado tienen «mucha más perspicacia y sentido común» (Remarque 2001, cap. I). Además, en la época el rechazo de alistarse se ve como un acto antipatriota. Se les da a los jóvenes la sensación de tener en sus manos el futuro de su nación. Los que dirigen los discursos patrióticos no están en el frente y no demuestran amor por la patria. Sólo quieren aumentar su situación privilegiada y su poder, a costa de la vida de inocentes. Por eso Bäumer y sus camaradas, conscientes de su deber como soldados, terminan por ignorar las grandes palabras de los dirigentes. La moraleja que el héroe saca es que en lugar de estas exhortaciones que generan catástrofes humanitas, la autoridad debe enseñar a los jóvenes a construir su futuro, así como la solidaridad y la fraternidad.

LA PUESTA EN RELIEVE DE LOS VALORES HUMANOS

Los únicos elementos positivos generados por la vida en las trincheras son valores como:

- La fraternidad, sentimiento inexplicable e incomprensible para las familias, puesto que sólo existe entre los soldados que rozan la muerte y que la dan (pensemos, por ejemplo, en la escena de los remordimientos de Bäumer después de haber matado a un militar francés);
- la solidaridad, los soldados comparten el mismo destino;
- Estos dos valores dan origen luego a «lo mejor que provoca la guerra: la camadería» (Remarque 2001, cap. II). Este sentimiento queda ilustrado en diferentes escenas: Bäumer y uno de sus amigos piensan matar a un soldado que agoniza para reducirle el sufrimiento y para que pueda irse con dignidad; se protegen recíprocamente de las órdenes absurdas de los superiores; Bäumer intenta salvar al francés al que se ha visto obligado a apuñalar, etc.

UN «LIBRO-DIARIO»

La escritura en primera persona y el tono de confesión del relato de Bäumer hacen que los lectores se sumerjan en la atmósfera atroz de la guerra y participen en ella. Este estilo de escritura demuestra la autenticidad de la obra y del tema tratado, y ayuda al narrador a compartir con un gran número de personas sus problemas y sus vivencias. Para un soldado es difícil contar abiertamente a sus familiares o a otros civiles lo que es realmente la guerra. Confesarse a través de un libro-diario es una terapia: esto le permite a Bäumer e, indirectamente al autor, desahogarse, compartir recuerdos inquietantes e informar al otro de los horrores de una situación semejante.

Sin embargo, Remarque combina el estilo del diario con una escritura novelesca porque le permite situar a su héroe en un contexto histórico y social preciso, atenuar la complejidad del estatus de soldado y transmitir diferentes visiones de la guerra.

PISTAS PARA LA REFLEXIÓN

ALGUNAS PREGUNTAS PARA PROFUNDIZAR EN SU REFLEXIÓN...

- ¿Cuál es el estado de ánimo de los soldados alemanes antes de llegar al frente y después de dos años de conflicto? ¿Qué ha cambiado y por qué?
- ¿Le parecen justos los discursos de los profesores de Bäumer y de las autoridades alemanas?
- Según usted, ¿por qué Bäumer no se siente a gusto en su familia y en ciudad natal después de dos años de conflicto? ¿Comprende este sentimiento?
- ¿Cómo debería desarrollarse la guerra según Kropp? ¿Está de acuerdo con él?
- ¿Cuáles son las diferentes facetas de la autoridad? Explíquelo con ejemplos extraídos del libro. ¿Son todas legítimas?
- ¿Por qué la muerte de Bäumer en los últimos días de guerra es para él un final apropiado?
- Según usted, ¿este libro dirige a los héroes?
- La guerra deshumaniza a los soldados. Ilústrelo con ejemplos del libro. A la inversa, ¿cree que la guerra puede humanizar a los soldados?
- ¿Por qué, según Bäumer, no pueden comprender la fraternidad quienes no han participado en la guerra?
- Remarque escribió este libro como terapia. ¿Conoce a otros autores que hayan escrito con el mismo objetivo?

PARA IR MÁS ALLÁ

EDICIÓN DE REFERENCIA

- Remarque, Erich Maria. 2001. *Sin novedad en el frente.* Traducido por Judith Vilar. Barcelona: Edhasa

ESTUDIOS DE REFERENCIA

- Owen, C. R. 1984. *Erich-Maria Remarque. A critical bio-bibliography.* Ámsterdam: Rodopi.
- Laffont, R. 1998. *Le Nouveau Dictionnaire des auteurs.* París: Robert Laffont.
- Laffont, R. 1994. *Le Nouveau Dictionnaire des œuvres,* París: Robert Laffont.